I0751332

LA MATRONE D'EPHESE,

COMEDIE.

Par Mr D***

A PARIS,
Chez PIERRE RIBOU, proche les Augustins, à la descente du Pont-neuf, à l'Image S. Louis.

M. DCCII.

AVEC PERMISSION.

PERSONNAGES.

EUPHEMIE.

FROSINE, Suivante d'Euphemie.

SOSTRATE.

STRATON, Valet de Sostrate.

CHRISANTE, Pere de Sostrate.

LICAS, Valet de Chrisante.

UN CUISINIER.

La Scene est prés d'Ephese.

LA MATRONE D'EPHESE, *COMEDIE.*

SCENE PREMIERE.

LICAS FROSINE.

FROSINE.

VIENÇA, Licas, tandis que ton Maistre se tuë à résoudre ma Maîtresse à vivre, respirons ici un peu de bon air.

LICAS.

C'est bien dit, Madame Frosine ; ce tombeau me chagreine l'imagination ; il me semble morgué que je suis plus en vie ici que là dedans.

FROSINE.

Pour moi, c'est à peu près la mesme chose : je meurs de faim ; n'as-tu rien, Licas?

LICAS.

Si fait, j'ons quelque biscuit, & d'assez bon vin ; voila la bouteille, vous n'avez qu'à dire.

FROSINE *prenant un verre.*

Helas ! depuis trois jours que je suis ici avec Euphemie, je n'ai encore eu de secours, que celui que tu m'aportas hier *incognito* ; je te dois la vie, mon pauvre Licas.

LICAS.

Vous vous moquez, Madame Frosine ; il ne tient qu'à vous que je ne vous sois plus secourable ?

FROSINE.

Mais motus au moins, ma Maîtresse croit que je ne bois ni ne mange non plus qu'elle ; dans les premiers mouvemens de la douleur, nous noüâmes la partie de mourir ensemble, & j'êtois de bonne foi ; car je perd presque un époux moi, dans celui de Madame.

LICAS.

Oui da ?

FROSINE.

Je serois bien aise de soutenir la gageure,

au moins en aparence, jusqu'à ce que je lui aye fermé les yeux ; verse, Licas, verse.

LICAS *après avoir versé.*

O tatiguene ! beuvez sans scrupule; j'ons de la discretion de reste, n'y a qu'à lui bailler de l'exercice : tenez, il m'est presque aussi aisié de garder un secret, que de boire un vare de vin.

FROSINE *après avoir bû.*

Ah ! ma Maîtresse en devroit bien faire autant.

LICAS *verse & boit une seconde fois.*

Courage, Madame Frosine ; encore un petit coup, là point de méfiance : si j'en parle, que cela me serve de poison.

FROSINE *boit encore.*

Cela me ressuscite, mon pauvre Licas.

LICAS.

Tant mieux, ce seroit un meurtre da, de vous laisser mourir; vous n'estes encore qu'un jeune abre : & ce seroit morguié bien du fruit de perdu.

FROSINE.

Il est vrai que la vie sied bien à vingt ans, & je ne sçais comment ma Maîtresse peut se résoudre à la quitter si tost.

LICAS.

Alle a franchement grand tort de s'obstiner à ça ; alle ne l'aura pas plutost perduë qu'alle en sera fâchée : alle n'est encore comme vous, que dans la primeur de son âge ; & la vie est morgué bonne jusqu'à la lie.

FROSINE.

Ton Maître fait tout ce qu'il peut pour l'en persuader ; il soupire, il gemit à merveille ; il lui dit les meilleures raisons du monde : c'est grand domage qu'il soit si vieux.

LICAS.

Bon, bon, grand domage ! hé jarn'guoi, Madame Frosine ! un vieux vivant ne vaut-il pas encore mieux qu'un jeune deffunt ?

FROSINE.

Je connois Euphémie; la jeunesse & la bonne mine la mettroient cent fois mieux à la raison, que les plus beaux discours du monde : tien, il y a deux ans qu'elle voulut s'engager parmi les Prestresses de Diane ; toutes les instances, toutes les larmes de sa famille ne firent qu'opiniâtrer sa petite ferveur ; & elle commençoit enfin son serment à la Déesse, lors qu'elle aperceut un jeune homme, qui d'un clin d'œil, lui coupa la parole ; les vapeurs la prirent, elle sentit qu'elle n'étoit point faite pour Diane ; il falut la marier huit jours après, & le jeune homme enfin devint l'époux qu'on pleure aujourd'hui.

LICAS.

Alle va comme ç'a du blanc au noir ? oh tatiguié! qu'alle est femme cette femme là! mais à propos du deffunt, c'étoit un brave homme! à sa santé, je vous la porte. *Licas verse & boit encore*

FROSINE *après avoir bû aussi.*

Ah!

LICAS.

Vous vous plaignez? m'est avis, pourtant que le vin n'est pas mauvais?

FROSINE.

Ce n'est point le vin Licas, c'est le deffunt que je plains.

LICAS.

Bon pour cela! il y a un an que je le connoissions mon Maître & moi: quand ils venions chez nous lui & Madame Euphemie, ils batifolions sans cesse ensemble; ils étions morgué si afolez l'un de l'autre, qu'on ne les eut jamais pris pour mari & femme.

FROSINE.

Helas! le pauvre homme s'est tué à aimer ma Maîtresse!

LICAS.

Je le croi ma foi bien Madame Frosine; ç'a use terriblement un jeune homme: encore un petit varre de consolation.

FROSINE *fait remplir son verre & le rend aussi-tost à Licas.*

Ouy da, Licas... mais j'entens du bruit? c'est ton Maître ... non Licas, vous avez beau me presser, je ne prendrai pas le moindre soulagement que ma chere Maîtresse ne m'en donne l'exemple.

LICAS *en beuvant le vin qu'il a versé à Frosine.*

Vous me refusez, Madame Frosine? Eh bien! c'est un affront qu'il faut boire.

SCENE II.

FROSINE, LICAS, CHRISANTE.

CHRISANTE.

AH ma pauvre Frosine! ah mon pauvre Licas!

FROSINE & LICAS.

Hé bien?

CHRISANTE.

Il n'y a pas moyen de la fléchir; mes prieres & mes larmes aigrissent encore son desespoir; & pour tout le prix de mes soupirs, la cruelle me conjure de la laisser mourir enrepos.

FROSINE.

Adieu donc, Monſieur, je m'en vais lui tenir compagnie.

LICAS *à part.*

Alle n'a morgué garde.

CHRISANTE.

Va, ma pauvre enfant, mais dis-lui bien encore que ſa reſolution m'aſſaſſine ; & qu'elle devroit vivre au moins par pitié pour moy.

FROSINE.

Franchement Monſieur, ce ſeroit ſi prendre un peu tard ; les Dieux ſçavent ce que nous avons mangé depuis trois jours !

LICAS *à part.*

Et moi auſſi.

CHRISANTE *embraſſe Froſine.*

Adieu ma pauvre Froſine, que je crains bien de ne plus revoir Euphemie !

SCENE III.

CHRISANTE ET LICAS.

LICAS.

ALlons Monsieur, venez vous reposer; il est morgué heure induë de consoler des veuves.

CHRISANTE.

J'ai toutes les peines du monde à me soutenir; je me meurs de douleur & d'amour.

LICAS.

Et de soixante & dix ans, Monsieur: c'est vostre grande maladie; eh morgué n'est-il pas honteux d'entreprendre à vostre âge, de ressusciter une veuve de vingt ans?

CHRISANTE.

Helas, helas!

LICAS.

Avec vos helas, vous ne bougez; détalons, vous dis-je: il est temps de ceder la place aux hiboux.

CHRISANTE.

Je ne sçaurois m'éloigner d'Euphemie.

LICAS.

Que je voudrois bien que ceux qui veillont

à la garde de ce fripon de qualité qu'on brancha hier, nous prissiint pour gens qui cherchons à le débrancher, j'iriins morgué coucher malgré vous ; mais en prison, & vous le meriteriez bian.

CHRISANTE.

Ne crain rien, Licas ; c'est mon fils qu'on a posté là avec sa troupe ; & je craindrois bien plûtost qu'il ne découvrit ma passion pour Euphemie.

LICAS.

Quoy, vostre fils ! je suis impatient de le connoître ; depuis trois ans qu'il est en campagne je ne sçavois pas tant seulement qu'il fut de retour ; mais ce n'est pas là un emploi pour ly ?

CHRISANTE.

Il est depuis trois jours à Ephese ; & comme la justice qu'on fit hier importe tout-à-fait à l'Etat ; j'ay appris qu'on l'avoit choisi extraordinairement pour empescher qu'on n'enlevât le criminel, & qu'on ne frustrât le peuple de cet exemple-là.

LICAS.

N'importe, Monsieur, retirons-nous ; il ne fait point bon aux environs, de ces soldats : ce sont des brutaux qui vous cherchont querelle, & qui vous obligeont souvent à troquer vostre bourse contre des gourmades.

SCENE IV.

CHRISANTE, & LICAS *d'un côté*, STRATON & LE CUISINIER *de l'autre*.

STRATON.

NOstre lumiere est éteinte ; je meurs de peur ! la nuit est terriblement noire !

LICAS *à Chrisante*.

On parle autour de nous, Monsieur ; éloignons-nous de grace : je devrions être déja bien loin.

STRATON *au Cuisinier*.

J'entens quelqu'un, on en veut peut-être à nôtre souper ? je tremble ! mais n'importe, il faut intimider les autres : qu'on marche en bon ordre, & faites-moy sauter la cervelle à tout ce qui vous sera suspect.

CHRISANTE *à Licas*.

Ce sont ces brutaux de soldats, ils n'en veulent pas à moins qu'à la cervelle.

LICAS.

N'ayez pas peur, je vais fermer ma lanterne, & je tacherons d'échaper dans l'obscurité.

Chrisante prend la main de Licas, qui rencontre rudement le Cuisinier, & le fait tomber avec tout le souper dont il est chargé.

LE CUISINIER *en tombant.*

Misericorde !

STRATON *tombant aussi.*

Ah, je suis blessé !

LICAS *à Chrisante.*

Suivez-moi.

SCENE V.

STRATON ET LE CUISINIER.

LE CUISINIER.

Monsieur Straton ?

STRATON.

Eh bien ?

LE CUISINIER.

Tout le souper est renversé !

STRATON.

Ah, je suis mort ! comment faire ?

LE CUISINIER.

Ma foi, vous ferez comme vous l'entendrez ; j'ai la tête tout en sang ; je m'en vais me faire penser.

SCENE VI.

STRATON *seul.*

O Ciel ! je ne reviens point de ma frayeur! est-il possible que depuis que je sers un homme de guerre, je n'aye pû encore attraper un brin de courage ? il faut que la nature soit bien obstinée ! il n'y a plus personne, je pense ? si fait ! non, je me trompe ; je croyois sentir le vent d'une épée. Que vais-je devenir, malheureux ! mon Maître ce sera impatienté : j'ai perdu du temps à goûter le vin ! s'il faut avec cela, que je retourne sans le souper, mon Maître ne jeûnera point impunément ; je serai roüé de coups de bâton : le moyen aussi de rien ramasser sans lumiere!

SCENE VII.

SOSTRATE, STRATON.

SOSTRATE.

MOn coquin de Valet ce sera enyvré quelque part !

STRATON *effrayé.*

Ah, Monsieur! quartier! sauvez-moi la vie.

SOSTRATE.

C'est donc vous, Monsieur le maraud?

STRATON.

Quoy, ce n'est que vous Monsieur? ah, je tremble encore! je vous ai crû un de ces fripons qui viennent de renverser vostre souper.

SOSTRATE.

Comment donc? que parle-tu de souper renversé?

STRATON.

Helas, Monsieur, je vous en demande pardon! ils étoient plus d'une douzaine qui viennent de fondre sur celui qui le portoit: Le pauvre garçon en a été blessé; j'ai crû l'être moi! & je ne sçais ce qui sera réchapé du souper.

SOSTRATE.

Maudit poltron! voila comme tu me sers! tu mériterois que je te fisse mourir sous le bâton?

STRATON.

Eh Monsieur! le courage ne cede-t-il pas toujours à la force?

SOSTRATE.

Tien, double lâche, prend la lumiere; & cherche ce qu'on nous aura laissé.

STRATON *cherchant avec la lenterne.*

Bon, bon, Monsieur ! il n'y a que demi mal : voila déja le pain & le vin !

SOSTRATE.

Encore est-ce quelque chose.

STRATON.

Vivat, voila encore le pâté tout entier !

SOSTRATE

Il faut donc se consoler du reste.

STRATON.

Ma foi, vous n'aurez pas grande peine ; voila encore le rost en assez bon état : *Mettant un poulet dans sa poche*, il n'y manque qu'un poulet, Monsieur.

SOSTRATE.

Ce n'est qu'une bagatelle : releve tout cela ; & suis moi.

SCENE VIII.

SOSTRATE, STRATON & EUPHEMIE *derriere le Theatre.*

EUPHEMIE.

HElas !

SOSTRATE.

Mais qu'entens-je ?

STRATON.

Quoi, Monsieur ?

SOSTRATE.

On se plaint ici quelque part ?

EUPHEMIE.

Helas !

SOSTRATE.

Je ne me trompe point ; c'est de ce costé-là : aproche.

STRATON.

Helas, Monsieur, qu'allez-vous chercher ?

SOSTRATE.

Voila un tombeau magnifique !

STRATON.

Croyez-moi, Monsieur ; ne troublons point le repos des morts : allons nous-en.

EUPHEMIE.

Helas ! helas !

SOSTRATE.

Les soupirs redoublent ; quelqu'un est enfermé là dedans : va voir.

STRATON.

Moi, Monsieur ? je ne suis point curieux.

SOSTRATE.

Va voir, te dis-je, ou...

STRATON.

J'enrage !

SOSTRATE.

Hé bien ?

STRATON *revenant effrayé.*

Ah, Monsieur, je suis perdu!

SOSTRATE.

Quoi donc! qu'as-tu vû?

STRATON.

Deux lutins, Monsieur, deux fantômes effroyables!

SOSTRATE.

Insensé!

STRATON.

Non, Monsieur, il n'y a rien de si vrai: cela n'étoit pas d'abord plus haut que çà; mais dès que cela m'a vû, cela s'est haussé tout d'un coup, de douze pieds au moins; & j'ai vû l'heure que cela me tordoit le cou!

SOSTRATE.

Tu me ferois perdre patience, avec tes visions!

STRATON.

Je vous dis, Monsieur, qu'il n'y a rien de si affreux! cela est tout noir des pieds jusqu'à la tête: cela a par deriére, une queuë à perte de vûë; & il me semble avoir vû par devant, des griffes longues de cela!

EUPHEMIE.

Helas! helas!

STRATON *effrayé.*

Prenez garde, Monsieur! prenez garde!

SOSTRATE.

Je suis las de t'entendre ; laisse-moi : je veux voir moi-même.

STRATON.

Ah, Monsieur, que dites-vous là ! voulez-vous vous perdre ? Vous sçavez quel risque vous courez à abandonner si long-temps vôtre poste ? il y va de la vie ! & si ce que les Magistrats ont craint arrivoit ; vous sçavez qu'il n'y a point de grace à attendre ? helas, Monsieur, ne m'exposez point à vous perdre !

SOSTRATE.

Tai toi, poltron ! tous mes gens ne te ressemblent pas grace aux Dieux ; & je peux me reposer sur leur courage : mais je vois quelqu'un, ce sont des femmes ?

STRATON.

Vous vous trompez, Monsieur ; ce sont deux lutins, sur ma parole.

SOSTRATE.

Regarde donc, lâche !

STRATON.

Ah, Monsieur ! ce n'est pas cela que j'ai vû ! vous verrez que les lutins auront pris cette forme là pour vous attirer sous leurs griffes !

SCENE IX.

SOSTRATE, STRATON *d'un côté,* EUPHEMIE ET FROSINE *de l'autre.*

FROSINE *à Euphemie.*

DE grace, Madame, éloignez-vous un moment de ce funeste objet : donnez quelque trève à vôtre désespoir, & plaignez-vous du moins sans vous arracher les cheveux, & sans vous meurtrir de vos propres mains.

EUPHEMIE.

Ah, ma chere Frosine, que la mort est lente ! & que j'ai d'impatience d'embrasser l'ombre de mon époux !

SOSTRATE *à Straton.*

Je vois ce que c'est, Straton : voila sans doute cette Euphemie dont la beauté & la douleur sont si célèbres dans Ephese ?

STRATON.

Cela pouroit bien être, Monsieur ; je commence à me rassurer : on dit qu'elle s'est enfermée dans le tombeau de son mari pour s'y laisser mourir de douleur ; il feroit beau voir cela, Monsieur, pour la rareté du fait !

SOSTRATE.

Le recit m'en avoit déja attendri ; mais la présence de cette Dame me cause encore tout une autre émotion !

FROSINE *à Eupehmie.*

Je vous avoüeray, Madame, que de moment en moment, vô-re resolution de mourir me paroît moins raisonnable : je trouvois beau d'abord que vous portassiez l'amour conjugal à un excès qui fit parler de vous ; mais je trouve à présent que c'est une foiblesse, & qu'au bout du compte, tout cet honneur là ne vaut pas la vie : le bon homme Monsieur Chrisante devroit bien vous en avoir persuadée !

EUPHEMIE.

Ah, Frosine, ne m'en parle point, je le déteste ! il m'aime, il a osé me le dire, on ne pouvoit m'outrager plus vivement, dans l'état où je suis !

FROSINE.

Hé bien, Madame, oubliez Chrisante ; mais rapellez ses raisons : quel dommage, comme il vous disoit si bien, de vous enterrer toute vive à vingt ans ! La nature vous a-t'elle prodigué tant de charmes, pour en priver si-tôt le monde ? & jeune & belle comme vous êtes, croyez-vous vous être aquitée envers elle, en faisant le bon-heur d'un seul homme ?

EUPHEMIE.

Helas, ma chere Frosine, je ne veux pas seulement me souvenir qu'il y en ait d'autres sur la terre ! tous les hommes qui vivent me font horreur ! je trouve les Dieux injustes de leur laisser un bien qu'ils ravissent à mon époux ! faut-il, helas, que les plus dignes de la vie, en joüissent toujours le moins !

SOSTRATE *à Straton.*

Je ne me possède plus, Straton ! il faut que je lui parle ; & je veux tout tenter pour la sauver.

STRATON *à part.*

Voyons un peu comme il s'en tirera !

SCENE X.

EUPHEMIE, FROSINE, SOSTRATE, STRATON.

SOSTRATE *en abordant Euphemie.*

NE me regardez point, Madame, comme un importun qui vienne ici condamner vôtre douleur, & la redoubler peut-être en la combattant : elle ne sçauroit être injuste, puiſque vous vous y abandonnez ; & vous ſçaurez ſans doute lui donner des bornes, dès que la raiſon l'exigera.

STRATON *à part.*

Bien débuté, ma foi !

SOSTRATE.

Qu'il me ſoit ſeulement permis, Madame, de reciieillir ici des larmes ſi précieuſes ; & d'envier toute ma vie, le ſort de celui pour qui on les verſe.

EUPHEMIE *bas à Froſine.*

O Ciel, ma chere Froſine ! que vois-je, & qu'entens-je ?

FROSINE *bas à Euphemie.*

Un jeune homme & un compliment, Madame, tous deux aſſez inſinüants, ce me ſemble.

SOSTRATE.

Le hazard vient de me conduire ici ; mais ce n'eſt plus lui qui m'y arrête : je ſens que je m'intereſſe à voſtre douleur ; l'excés de voſtre attachement pour un époux m'en inſpire un pour vous, que je ſens naître avec plaiſir : non il n'eſt point ailleurs d'ame faite comme la voſtre ; & quand vous ne ſeriez pas la plus belle perſonne du monde, comme vous l'êtes, vous ne laiſſeriez pas d'être encore la plus adorable.

EUPHEMIE *bas à Froſine.*

Que me dit-on, Froſine ! quoi la douleur

& la défaillance ne m'auroient pas encore renduë affreuse ?

FROSINE *bas à Euphemie.*

Non, vrayment, Madame : il est vray que vos charmes tirent à la fin ; mais vous serez belle jusqu'au dernier soupir.

SOSTRATE.

Quoi, Madame ! vous ne daignez pas répondre à mon zele ? vostre esprit est tout occupé de ce que vous avez perdu ? & vous n'honorez pas de la moindre attention la part & l'interest qu'on prend à vostre perte ? encore une fois, Madame, ne craignez rien ; je ne veux point vous distraire de vôtre douleur : épanchez seulement avec moi, des sentimens que je respecte ; laissez-moi voir ces yeux noyez de larmes, que j'admire : il n'appartient qu'à des veuves moins sinceres de cacher des yeux qui les servent mal.

EUPHEMIE.

Helas, Monsieur ! quels yeux voulez-vous voir ? les larmes les ont éteints, & la mort va bien-tôt les fermer !

SOSTRATE.

La mort va bien-tôt les fermer ? ô Ciel ! que dites-vous ?

EUPHEMIE.

Oüi, Monsieur, le parti en est pris ; j'auray

rai bien-tôt la consolation de rejoindre mon cher époux !

SOSTRATE.

Vous mourriez ? vous, Madame, vous mourriez ? non, l'estime que j'ai conçuë pour vous, ne me laisse pas la liberté de vous en croire : vôtre ame est capable de douleur ; mais elle ne sçauroit l'être de desespoir.

FROSINE.

Il y a pourtant trois jours que nous n'avons mangé !

SOSTRATE.

Trois jours ! ô Ciel, trois jours ! que vous m'allarmez ! trois jours, Madame, & vous vivez encore ! trois jours, mon pauvre Straton !

STRATON.

Ce n'est pas ma faute.

SOSTRATE.

Ne perdez point de temps, Madame ; il faut réparer tout à l'heure, la défaillance où vous vous êtes reduite : ô Ciel, trois jours ! il me semble que vous allez expirer à tout moment !

EUPHEMIE *bas à Frosine,*

Qu'il est pressant, ma chere Frosine ! ne trouves-tu pas qu'il a quelque chose du deffunt ?

FROSINE *bas à Euphemie.*

Oüi, Madame ; le don de vous plaire, si je me trompe.

SOSTRATE.

Straton, cherche vîte dequoi faire une table ; couvre-là de ce que nous avons : il faut que Madame prenne du soulagement tout à l'heure.

FROSINE.

Je l'aiderai plûtôt ; il n'y a rien que je ne fasse pour sauver la vie à ma Maîtresse.

STRATON *à part.*

Ah, mon pauvre souper ! vous allez être englouti !

Straton & Frosine vont chercher dequoi faire une table.

SCENE XI.

EUPHEMIE, SOSTRATE.

EUPHEMIE.

NOn, Monsieur, rien ne peut me résoudre à vivre ! après l'époux que j'ay perdu, il n'y â plus de consolation pour moi !

SOSTRATE.

Eh quoi, Madame ! n'est-ce pas offencer

cet époux même que vous pleurez, que de lui vouloir servir de victime ? croyez vous que son ombre en veüille à vos jours ? eh, quel tigre seroit plus crüel que lui, si ce sacrifice pouvoit lui plaire ?

EUPHEMIE.

Helas, Monsieur ! le Ciel nous avoit faits pour être toujours unis l'un à l'autre; je ne fais que suivre ma destinée : je sentis cette fatalité dès la premiere fois qu'il s'offrit à ma vüë; & depuis cet hûreux moment, je n'en sache point où je n'aye été uniquement occupée de lui : si j'ai à me reprocher quelque distraction, ce n'est que depuis que vous me parlez ! ah, ah, ah !

SOSTRATE.

Madame...

EUPHEMIE.

C'étoit, Monsieur, la jeunesse & la douceur même : quelle complaisance, quel amour n'avoit-il pas pour moi ! sa passion ne s'est jamais rallentie d'un instant : il me protestoit sans cesse qu'il m'aimeroit toute sa vie; & son dernier soupir estoit encore un soupir d'amour ! ah, ah, ah !

SOSTRATE.

Hé bien, Madame, j'y consens, rapellez tous les plaisirs que vous avez goûtez dans cette union; c'est pour ces plaisirs mêmes que vous devez vivre : l'amour peut vous reserver un nouvel amant aussi digne que le premier de toute vôtre tendresse, & peut-être encore plus épris de vos charmes.

EUPHEMIE.

Oh pour cela, non, Monsieur ; on ne sçauroit m'aimer plus tendrement que le deffunt m'aimoit.

SOSTRATE.

On ne sçauroit aussi vous aimer moins, Madame ; l'amour n'est point un sentiment dont vous deviez tenir aucun compte : on le sent malgré soi, dès qu'on a le bon-heur de vous voir ; & s'il ne tenoit qu'à vous adorer, pour mériter quelque chose auprès de vous ; je sens trop que j'aurois droit à toutes vos bontés.

Il lui baise la main.

EUPHEMIE.

Vous abusez de ma douleur ; je n'ai pas la force de résister.

SCENE XII.

EUPHEMIE, SOSTRATE, FROSINE, STRATON.

Frosine & Straton aportent une table, & la dressent ensemble.

SOSTRATE *à Straton.*

AVez-vous fait, Monsieur, Straton ?

STRATON.

Bien-tôt, Monsieur Sostrate.

EUPHEMIE *à Sostrate.*

Non, vous dis-je, ne croyez pas me reduire à ce que vous voulez, j'ai même à présent plus d'une raison pour mourir : je ne veux plus vous entendre, j'ai honte de vous avoir entendu : laissez-moi mourir ; & laissez-moi mourir fidelle.

SOSTRATE.

Qu'entens-je ! & que dois-je penser ?

EUPHEMIE.

Laissez-moi, vous dis-je ; & cessez de tenter ma constance.

SOSTRATE.

Je ne vous quitte point, *à Straton*, achêve.

SCENE XIII.

FROSINE & STRATON *mettãt le couvert*

STRATON.

IL me semble, mon enfant, que ta Maîtresse commence à plier ?

FROSINE.

Mon enfant ! ta Maîtresse ! nous sommes déja bien familier, Monsieur Straton ?

STRATON.

Eh oüi, vraiment ; tu es suivante, je suis valet, nous nous connoissons de reste. ; ne veux-tu pas que je debute, ne me regardez point, Madame, comme un importun qui... je t'en répons ; c'est là langue des Maîtres : je te parle la mienne.

FROSINE.

Eh là, là, ne te fâche point ; sans façon, mon enfant, puisque c'est ta maniere.

STRATON.

Entre nous donc, le désespoir de ta Maîtresse commence à se battre en retraite ? il devroit être à moitié rendu de famine ?

FROSINE.

Ton Maître ne lui fait point de quartier.

STRATON.

Tu manquois de vivres aussi, toi ? il eût fait bon t'assiéger ? tu n'aurois gueres tenu ?

FROSINE.

Si fait, si fait, je ne me serois renduë, ma foi, qu'à bonnes enseignes.

STRATON.

Il est vrai que tu n'as point un visage à avoir jeûné trois jours.

FROSINE.

Il n'y a pourtant guères moins.

STRATON.

C'est donc le someil qui t'engraisse ?

FROSINE.

A peu près.

STRATON.

Un mari ne te vaudroit rien ? cela troubleroit ton repos ?

FROSINE.

On s'accoûtume à tout.

STRATON.

Tu n'en as donc jamais eü de mari ?

FROSINE.

Non pas, que je sache.

STRATON.

Ma foi, je ne sache point non plus avoir eû de femme; sur ces deux prétenduës causes d'ignorance là, nous pourions bien faire affaire ensemble?

FROSINE.

Je n'aurois jamais le courage de conclure: tu vois ce que coûte un mari, quand on vient à le perdre?

STRATON *aprochant du tombeau.*

Bon, bon, tu te mocques! il n'y a rien de si doux à pleurer qu'un mari. Tien, regarde, le siège n'avance pas mal? voila déja mon Maître au pied du rempart! Courage, on ne tient plus; la victoire est à nous on capitule!

FROSINE.

Les Dieux veüillent que ce soit à de bonnes conditions?

SCENE XIV.

EUPHEMIE, SOSTRATE, FROSINE, STRATON.

STRATON *à Euphemie qui sort du tombeau avec Sostrate.*

On a servi, Madame.

EUPHEMIE.

Ah, Sostrate! à quoi sçavez-vous me reduire? Par quel enchantement puis-je consentir à vivre, & à vivre pour vous?

SOSTRATE.

Achevez, Madame; & ne négligez rien pour conserver une vie dont tout le bonheur de la mienne va dépendre.

STRATON *presentant un verre à Euphemie.*

Goûtez au vin, Madame.

SOSTRATE.

Mettons-nous à table.

EUPHEMIE *à Frosine.*

Tu me vois rougir, ma chere Frosine; mais si tu sçavois tout ce que Sostrate m'a dit?

FROSINE.

Oh, je le suppose à merveilles : vous êtes justifiée de reste; & le deffunt n'y sçauroit trouver à redire.

EUPHEMIE.

C'est par les mêmes sentimens qui m'avoient touchée dans mon époux, que Sostrate vient de m'attendrir encore : c'est l'ame & le cœur d'un mary que j'aime en luy; & je crois n'avoir plus perdu que certains traits de visage indiférens pour une ame délicate.

STRATON *luy presentant à boire.*

C'est, morbleu, bien dit, Madame! il faut boire là dessus.

SOSTRATE.

Je suis délicat aussi, belle Euphemie; & je sens que j'exigerai bien-tôt de vous, un amour qui ne se rapporte qu'à moi : je ne veux point nourrir en vous la pensée d'aucun autre; & ce sera peu pour moi de vous avoir consolée, si je ne parviens à vous faire oublier que vous ayez jamais eu besoin de l'être.

STRATON *donnant à boire à Sostrate.*

Mon Maître est délicat, voyez-vous? ce n'est pas assez que le vin soit bon; il y a encore une maniere de le verser, tenez, qu'il préfere au vin même.

FROSINE *s'étranglant en mangeant.*

Hem, hem, hem, hem!

STRATON.

Tu joües à t'étrangler, Frosine; ne va pas si vîte: boi un coup.

FROSINE *un verre à la main.*

A nôtre Libérateur.

STRATON *en prenant un aussi.*

Oh parbleu, je te ferai raison; mon Maître excusera mon zèle.

SOSTRATE.

Va, je te le pardonne, mange aussi: tu iras ensuite voir ce qui se passe à mon poste, pour m'en donner des nouvelles.

STRATON *se mettant à table.*

Volontiers, Monsieur.

SOSTRATE *du côté de Straton.*

Ah, que je suis charmé, Straton! & que ma premiere passion est violente!

STRATON *lui répond la bouche pleine.*

Bon.

SOSTRATE.

As-tu jamais vû plus de graces ensemble? & conçois-tu qu'on puisse être plus aimable?

STRATON *mangeant toûjour.*

Non.

SOSTRATE.

Di donc, ne la trouves-tu pas la plus touchante, la plus belle personne du monde?

STRATON

Oüi.

SOSTRATE.

Ah, je sens que je l'aimerai éternellement!

STRATON.

Soit.

SOSTRATE.

Que tu me réponds mal!

STRATON.

Je mange bien, Monsieur.

SOSTRATE.

Verse à boire.

STRATON *beuvant lui-même le vin qu'il verse.*

A vos inclinations, Madame!

SOSTRATE.

Eh, maraut! est-ce là ce que je te dis à verse-nous à boire.

STRATON.

Eh là là, Monsieur! il n'y a qu'à s'expliquer.

SCENE XV.

SCENE XV.

EUPHEMIE, SOSTRATE, FROSINE, STRATON, LICAS.

LICAS *trouvant Euphemie à table*

AH, ah, ah, ah! testidienne, que stila est drôle!

EUPHEMIE.

Qu'est-ce donc?

SOSTRATE.

Pourquoi ces éclats?

LICAS.

Eh morgué qui ne riroit pas? mon Maître est comme un fou dans son lit; il prononce à tout bout de champ le nom de Madame, avec des helas si douloureux que ç'a vous feroit pitié à vous-même. ah, ah, ah, ah!

EUPHEMIE.

Hé bien?

LICAS.

Hé bian, l'impatience l'a pris de sçavoir de vos nouvelles; & il se seroit levé pour en venir apprendre, si je ne l'en eussions empêché: mais il a voulu à toute force que je vinsse voir si vous estiez morte... ah, ah, ah ! je ne m'attendois morgué pas de vous trouver si en vie que ç'a.

FROSINE.

En es-tu fâché, Licas ?

LICAS.

Courage, Madame Froseine ! vous faites donc vos deux repas par nuit ?

FROSINE.

C'est à Monsieur que nous devons le miracle que tu vois.

LICAS.

J'entens, j'entens ; vela de ce que vous me me disiez tantôt, qui mettoit Madame à la raison.

FROSINE.

Il s'en faut bien ma foi, que ton Maître n'ait l'air aussi persuasif !

LICAS.

Il s'en faut morgué près de cinquante ans ; mais que disent à tout cela les manes du mari ?

STRATON.

Pas le mot, comme tu vois.

LICAS.

Vela, palsangué, un bon deffunt !

SOSTRATE.

Oh ç'a, Monsieur Licas ! pretendez-vous encore long-temps troubler nos plaisirs ?

LICAS.

Non, morguenne ; si le mary est un bon

deffunt, je suis un bon vivant, moi : me vela prêt de boire à vos santez pour marquer que j'ons bonne intention.

FROSINE.

Volontiers, je t'en veux verser moi-même.

SOSTRATE.

C'en est assez, Straton ; va faire un tour où je t'ai dit ?

STRATON *se levant de table.*

J'y cours.

SCENE XVI.

EUPHEMIE, SOSTRATE, FROSINE, LICAS, CHRISANTE.

CHRISANTE.

Licas l'aura sans doute trouvée morte.... mais Ciel ! que vois je ?

LICAS.

C'est mon Maître ; l'impatience l'a pris.

SOSTRATE *se levant de table.*

O Dieux ! c'est mon pere !

CHRISANTE.

Euphemie à table avec mon fils !

FROSINE & LICAS.

Son fils !

CHRISANTE.

Je ne puis revenir de ma ſurpriſe ; & je crois preſqu'encore que tout ceci n'eſt qu'un vain fantôme !

LICAS *prenant une cuiſſe de poulet.*

Il n'y a morgué rian de plus réel ; il n'y a qu'à tâter.

CHRISANTE.

Quoi, perfide Euphemie ! ne vous ſeriez-vous renfermée dans le tombeau de vôtre mary, que pour le faire ſervir de rendez-vous à un amant qui le deshonore ?

SOSTRATE.

Mon pere !

EUPHEMIE.

Mon cher Monſieur Chriſante !

CHRISANTE.

Non, non, point de Monſieur Chriſante : l'amour que j'avois pour vous ſe tourne en rage ; & je ſçaurai bien vous faire payer les pleurs que voſtre fauſſe vertu m'a coûtées.

LICAS.

Eh là là, Monſieur ne vous émouvez point tant, ç'a vous feroit mal.

CHRISANTE.

Eh que m'importe, Licas ? je ne veux plus vivre après ce que j'ai vû ! toutes les femmes ſont deſormais pour moi autant de monſtres que j'abhorre ! ce n'eſt que legereté, qu'inconstance, que dissimulation, que perfidie, & tous les vices du monde ensemble !

LICAS.

Morgué, c'est pourtant queuque chose de drôle que tous ces vices du monde ensemble !

FROSINE.

Mais, mais, Monsieur, qu'avez-vous donc tant à nous reprocher ? il y a trois jours que vous nous persecutez pour nous resoudre à vivre : nôtre constance ne tenoit plus qu'à un filet ; Monsieur vient de le rompre : qu'y a-t'il là de si étonnant ?

LICAS.

Alle a morgué raison ; vous aviez sapé l'abre ; il êtoit bien aisié de le faire choir.

EUPHEMIE.

Ah, Sostrate, que vous m'allez rendre malheureuse !

CHRISANTE.

Oüi, oüi, vous la serez, Madame : je vais crier vos foiblesses dans tout Ephese ; & il ne tiendra pas à moi que vous ne deveniez la fable de tout l'avenir.

SOSTRATE.

Au nom des Dieux, mon pere, ne reduisez point au desespoir une personne adorable, & que vous trouveriez encore innocente, si vous n'aviez jamais eû pour elle que de l'estime !

CHRISANTE.

Taisez-vous, Monsieur mon fils : vous êtes un impertinent ; & je vous ferai bien acheter l'amour dont vous vous applaudissez.

SCENE DERNIERE.

EUPHEMIE, SOSTRATE, FROSINE, LICAS, CHRISANTE, STRATON.

STRATON *accourant tout essouflé.*

O Disgrace ! ô malheur ! ah, mon cher Maître, nous sommes perdus !

SOSTRATE.

Comment ?

CHRISANTE.

Qu'est il arrivé ?

STRATON.

Ah, c'est vous, Mr Chrisante ? qu'allez-vous devenir ?

SOSTRATE.

Quoi donc ?

STRATON.

Nôtre criminel nous a joüé d'un tour ! je

me doutois bien que ce coquin là nous porteroit malheur ; je n'ai jamais vû une si mauvaise phisionomie.

SOSTRATE.

O Ciel ! je fremis, explique-toi ?

STRATON.

Voila ce que vôtre absence nous coûte ! la moitié de vôtre troupe s'est endormie, le reste s'est dissipé ; & ce fripon de pendu a pris ce moment là pour se faire enlever par ses amis.

SOSTRATE.

Est-il possible, justes Dieux ! & faudra-t'il donc que je subisse une mort infame ?

CHRISANTE.

Quoi, mon fils...

EUPHEMIE.

Quoi, Sostrate...

STRATON.

Faites vos adieux, Monsieur, & fuyons en diligence ; il n'y a plus de vie pour vous à Ephese : ces Magistrats sont des brutaux qui ne vous feroient pas grace d'un soupir.

SOSTRATE.

Non, non, je ne fuirai point, je craindrois trop d'être surpris : je sçais un moyen plus sûr de me dérober à la honte qui me menace ?

Il tire son épée pour s'en fraper.

CHRISANTE *en la lui arrachant.*

Ah, mon fils! arrêtez...

EUPHEMIE.

O Ciel! qu'alliez-vous faire!

CHRISANTE.

Vôtre danger rapelle toute ma tendresse; & je n'ai plus d'autre passion que de vous sauver la vie.

SOSTRATE.

Ah de grace, mon pere, sauvez-moi plûtôt l'honneur! je ne puis songer sans horreur, à l'ignominie dont je suis menacé!

CHRISANTE.

Ah, mon cher fils, que vous m'attendrissez!

EUPHEMIE *tombant entre les bras de Frosine.*

Ah, ma chere Frosine!

FROSINE.

Mais quoi! n'y a-t'il donc pas de remede à tout cela?

STRATON.

Helas pour sauver la vie à mon Maître, je me mettrois volontiers à la place vuide; mais on reconnoîtroit la fraude: celui qui l'occupoit étoit de deux pieds plus grand que moi. Si Licas vouloit?

LICAS.

Serviteur, je sis trop gros.

FROSINE.

Si Madame vouloit plûtôt, sans faire tort à personne, nôtre deffunt...

EUPHEMIE.

Ah, Frosine! qu'osez-vous penser?

CHRISANTE.

Ah de grace, Madame, ne vous effrayez point de ce qu'elle pense! vous me voyez à vos genoux, pour vous demander la vie d'un fils qui vous a sçû plaire.

EUPHEMIE.

Ah Chrisante, que me demandez vous! trahir mon devoir avec tant d'indignité!

CHRISANTE.

Eh quoi, Madame, quel vain scrupule vous arrête?

STRATON *à genoux.*

Ce n'est qu'une bagatelle, Madame; laissez-vous fléchir?

FROSINE *à genoux.*

Ma chere Maîtresse!

LICAS *à genoux.*

Madame!

EUPHEMIE.

Helas, Sostrate! à quelle extremité suisje reduite!

CHRISANTE.

N'hesitez plus, Madame; je consens que Sostrate s'unisse avec vous pour jamais; son interêt devient vôtre premier devoir : conservez un époux ; & rendez moi mon fils, de grace.

FROSINE.

De grace, de grace ! eh mort de ma vie, ne sçauriez-vous entendre Madame, sans qu'elle parle ? C'est à elle à pleurer, & à nous d'agir ; laissez moi faire, je prens la vie de Sostrate sur mon compte ; & j'en réponds corps pour corps.

STRATON.

Vivat ! ah mon cher Maître, que je vous embrasse ! vous voila, morbleu, revenu de bien loin !

LICAS.

Avec tout çà, morgué, c'est encore là l'exemple des veuves.

FIN.

PERMISSION.

PErmis d'imprimer : Fait ce 30. Septembre 1702.

M. LE VOYER D'ARGENSON.

9

www.ingramcontent.com/pod-product-compliance
Lightning Source LLC
LaVergne TN
LVHW020627110826
845149LV00004B/1080

* 9 7 8 2 3 2 9 1 0 0 9 8 2 *